U0031134

寫在故事之前

幕後特輯

推薦序

解密之後的感動

都聽過嘉南大圳、烏山頭水庫、八田與一，可是它們彷彿歷史名詞一樣遙遠……。

然而大家知道，1930 年竣工以來近百年的時間，「烏山頭水庫暨嘉南大圳」曾是亞洲第一長的灌溉水渠，運作了這麼久的時間仍繼續為嘉南平原提供豐沛的水量，不僅是世界罕見，在你我每日餐桌上鮮蔬佳餚的背後，也都有百年大圳灌溉的身影！

這次由擅長講歷史故事，而且活潑慧黠的謝金魚小姐，透過筆下水神跟白鷺鷥的對話，帶領大家穿越回到已逝日本洋畫家伊東哲——他是八田與一的親戚——當年受邀來臺繪製以烏山頭水庫和職員宿舍為題的絹畫圖像的過程，讓我們彷彿身歷其境般體驗當年建蓋大圳的艱辛：

竟然將大片鹽水密布的死田，變成肥沃的良田；竟然克服了地形跟天候的限制，改善了夏天暴雨、冬天缺水這樣降雨不均的問題！

而且這樣的改變甚至還維繫了未來百年以農立國的臺灣命脈發展！

繪製的方式甚至是現今都難以想像的蠟描染，以近乎極致工藝的手法，把嘉南平原的植物人物建築，林林總總，都活靈活現融合在隨風搖曳的絹布上。

直到後代人一一解密，箇中滋味帶有著解謎跟回憶的感動！

曾經，身為外省第三代，因為不會講臺語被阿嬤病人一句：「你呷臺灣米、喝臺灣水、怎麼寐效說臺灣話」而點醒，認真開始學著拼音ㄅㄆㄇ說臺語。如今理解到，凡是願意融入臺灣、真心為臺灣好的，都是臺灣人，而我們可以從手裡拿的那碗臺灣米、背後灌溉它成長的臺灣水，開始好好認識做起。

小劉醫師 Lisa Liu（作家、外科醫師）

推薦序

閱讀歷史的另一種途徑

繪畫的特殊之處,是可以跳脫真實視角的局限;如果再加上一點想像力,就可以構築出照片和影片都辦不到的視覺風格和世界觀。用繪畫插畫來記錄或是詮釋歷史故事,我覺得是既迷人卻又費心力的任務。

迷人的地方是,對於想要描述的內容或是一段歷史,透過繪畫可以展現出嶄新的世界樣貌。但同時得多費心力,光是描繪真實世界,就需要更多田野調查或是圖片搜集來參照,如果是處理過去的歷史年代,就還要進一步考究當時的環境樣貌、衣著器物等等,這些都是不能不做的功課。既

是對歷史的尊敬,也是對協助讀者認識歷史負責。

《1930·烏山頭》其實就體現了兩種繪畫和歷史的結合:一種是針對八田與一的姪子——畫家伊東哲為主角的故事重新詮釋,另一種就是對伊東哲本人所畫的絹畫〈嘉南大圳工事圖〉內容的溯源。在伊東哲的故事方面,繪畫上充分流露出特殊的世界觀,有時甚至是夢境虛實整合的安排,但又把那個年代的氛圍透過服裝、物件和場景流暢地帶到讀者面前。而伊東哲自己畫的絹畫,則打破了透視的視角限

制，將整個環境平面化繪製記錄下來，同樣是精彩的視覺設計才能帶來的體驗。

不管是當下時事或是歷史故事，累積起來都是內容創作的大寶庫。期待未來能有更多的題
材透過繪畫詮釋出來，有更多具有視覺美感的作品在市場上活躍，養大家的眼！

張佳家（臺灣吧 Taiwan Bar 共同創辦人暨營運長）

作者序

在真實
與虛構之間穿越

我常常想，神靈到底是什麼？

後來我才慢慢明白，也許神靈是人類意志的集合，當懷著純正意志的人聚集起來，正直的心願就會形成某種指引的準則，一旦人們迷惘時，就能給予方向。

大學時我第一次去烏山頭水庫，山明水秀之外，更有種樸實寬闊的感覺，為了這本書再次去取材時，在嘉南大圳所到之處也都能感受到勤懇與堅韌，我想那就是大圳的精神吧？如果這樣的感覺有形體，會是什麼樣子？除了烏山頭水庫那尊剛毅、平實的八田與一像之外，還有可能是什麼樣子？

我無意「造神」，但凝望著美麗的烏山頭水庫時，似乎有一個小小的女神從水中躍出，她伴隨著我東奔西跑，也陪我前往八田與一的故鄉：金澤市花園村，在百年老宅中親見了畫家伊東哲的傑作〈嘉南大圳工事圖〉（日文為「嘉南大圳工事模樣」），經過九十年的歲月，初生之時的嘉南大圳在絲絹上閃閃發光。

那樣的心意跨越時空,讓我這個從沒拿過鋤頭的都市人,慢慢理解了嘉南大圳,這座經過重重磨難、屹立九十年卻仍在運作的工程,已經與土地合而為一,無法分割。更重要的,是多年來為大圳傾注己力的人們,他們的努力讓嘉南平原成為一片沃土。

請翻開下一頁,我們即將回到 1930 年的烏山頭。

謝金魚

1930・烏山頭

作者：謝金魚 ／ 繪者：賴政勳、林容萱

「各位女士、各位先生，我們今天要拍賣的是 1930 年，由伊東哲畫的〈嘉南大圳工事圖〉，這是嘉南大圳完工時畫的，到現在正好滿九十年。據資料顯示，伊東哲畫了二十幅，但只有兩幅知道下落，而這幅就是終於出現的第三幅啊！真的非常珍貴⋯⋯。」主持人口沫橫飛地介紹著。

助手推出畫作，大家發出了驚呼，主持人清了清嗓子，故作神祕地說：「這幅畫的故事，要從九十多年前說起⋯⋯1927 年，日本藝術界的年度盛會『帝國美術院展覽會』正在進行，來自金澤的伊東哲常常參展，很多人喜歡他的作品，但是這次他找了一位名人當模特兒，卻沒想到討厭這位模特兒的人就開始謾罵伊東哲。於是，許多不清楚狀況的人也跟著排擠他。」

「伊東先生，我們要收回邀請，請不要參加這次的畫展……。」「伊東先生，我們不希望您再參與我們的活動……。」

伊東哲呆坐在畫室中，地上散落著許多拒絕他、指責他的信件，他覺得身體一陣陣發冷，心好像沉進冰水裡，有一個聲音一直告訴他：

「世上的人都討厭你！你已經完了，再也不會有人邀你去畫展，你不能再當畫家了！」

此時一封信寄到畫室，人在臺灣的表叔來信：「哲君，要不要來臺灣一趟呢？」

「臺灣？」伊東哲很訝異，生長在寒冷的金澤，這幾年又在繁華的東京求學、作畫，他一輩子沒有想過要去臺灣。

表叔名叫八田與一，正在臺灣蓋水利設施。他寫了很長的信勸伊東哲渡臺，其中有兩句話深深地打動了伊東哲：

「嘉南平原上，有北國意想不到的風景。」

八田與一的信很長，他說：「有人曾對我說，在臺灣，嘗試新的東西沒什麼大不了的，失敗又怎樣？再多試幾次就好了。來臺灣吧，也許有新的機會。」

「失敗又怎樣？我沒有你這麼樂觀，失敗就是失敗啊！」伊東哲喃喃自語，看著散在畫室中的報紙跟信件，那些字好像從紙上浮出來，變成尖銳的聲音：「你沒有資格留在這裡！」「我們討厭你！」「快滾開！」

伊東哲把信看了又看，幾天後，他打包行李，離開東京。
「逃吧！逃離這裡，就不用再面對他們了！」伊東哲想。

伊東哲下了輪船上火車，下了火車又上牛車，一路搖搖晃晃⋯⋯。

他的目的地是臺南的烏山頭，八田與一在信上告訴他，烏山頭的水庫是嘉南大圳最重要的工程，所以自己也住在烏山頭，方便就近監督。

伊東哲到了烏山頭，放眼一望，四周都是山林，但是中間卻是一大片工地，他皺起眉頭：「我的天！⋯⋯這是什麼情況啊？」

嘹亮的火車汽笛聲傳來，濃濃的煤煙把伊東哲的臉都熏黑了，一列火車靠近，火車慢慢減速，最後停在工地旁，下方有幾臺巨大的噴水車。忽然，火車頭後方整列運土的車斗緩緩地抬起，逐漸向工地方向傾斜，車斗裡的土石嘩地一聲傾洩而下，在一旁形成一條長長的土坡。

不知是誰喊了一聲：「開水喔！」噴水車向土坡射出強力水柱，瞬間，混了水的土石泥漿迅速

順著坡面往下朝噴水的方向流動，顆粒越小的砂土被水流帶得越遠，反之，顆粒最大的石頭，

則會停留在原地附近，原本混雜在一起的泥土、砂礫與石塊，在水流的運送之下，自然形成由

外而內，顆粒由大至小、分布均勻的土壤層次。

「這是在做什麼呢？」伊東哲完全看不懂。

「我們正在蓋水庫，這叫『半水成填充式』工法，這些土堤一段一段做完，連起來就可以儲水了。」有人說。

「哲君，好久不見！」伊東哲回頭一看，是久違的八田與一，「這些都是嘉南大圳的工程，就像人身上的血管一樣，把遠處的溪水引進水庫裡儲存，之後透過水道引水，就可以送到農田裡了。」

伊東哲是農家子弟，知道如果有足夠的水根本不用這麼麻煩，於是就問說：「蓋這麼大的工程，是因為嘉南平原很缺水嗎？」

「雨水要嘛不下，要嘛一次下很多！有水庫的話就可以把水存起來，缺水時也可以引入遠處的官佃溪水來補充。需要灌溉時，便從水庫統一放水，平均供給農民使用。」八田與一回答。

八田與一帶著伊東哲一邊參觀工地，一邊解說。除了烏山頭水庫，還有隧道跟水道等等複雜的工程，聽得伊東哲一個頭兩個大，不懂八田為什麼要他來臺灣，只好直接開口：「與一叔，你為什麼要我來呢？我可以幫上什麼忙？」

「我要請你畫下這裡的一切!」八田與一說。

「畫這裡?」伊東哲回望工地,光禿禿的土石、灰撲撲的沙地、黑漆漆的機器,一點都不美。身為畫家,他看不出這裡有什麼好畫的。

「雖然很多人懷疑,但大圳一定會蓋好的,它會守護著嘉南平原,讓大家都可以吃飽,五十年後、不,一百年後的人們也會受到它的照顧,他們一定會想知道,我們是如何完成工程的。」

「你可以拍照啊!不是更真實嗎?」伊東哲不解地說。
「照片只是工程上的說明,我想留下有色彩、有靈魂,讓人看了都會感動的嘉南大圳全景。哲君,拜託了!」

太陽下山了，大圳的員工們也下班了。

「先去我家吃飯，休息一晚吧！」八田與一帶著伊東哲往外走，一路走一路說著他對大圳的計畫。

不遠處漸漸有燈光亮起，那是員工們的家，八田跟家人也住在這裡。後面的工地同樣點起了燈火，輪夜班的工人在工地繼續趕工。

「畫出令人感動的嘉南大圳」成為伊東哲
最重要的工作，接下來的日子，伊東哲帶
著畫具在工地到處尋找靈感。
每個人都很熱心地向他解說，還示範各種
機械的用法給他看。
「原本我們都怕怕的不敢用，是八田技師
半哄半勸半強迫才學著用，現在我們已經
很熟練了！」

伊東哲畫了許多草稿，也逐漸跟大家打成
一片，但是……。

「似乎哪裡怪怪的……？」伊東哲總感覺
有誰在暗中觀察他的一舉一動。有時稍稍
離開原地再回來，就發現畫稿被翻過、顏
料也被動過……，到底是誰？

忽然，有一個身影閃過、竄進樹林裡。

他跟著跑進去，用力一撲！

「抓到了！」

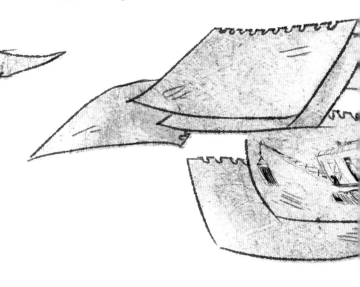

「咦？不是人啊！」

「嫌犯」是一隻白鳥，牠的嘴巴又長又尖、腦後翹著兩根長長的白羽毛，牠不停地掙扎，

可能受到驚嚇，沾到顏料的羽毛撲個不停，嗆得伊東哲直咳嗽。

忽然一陣水氣逼來，只聽見有人說：「好大膽！」

一個少女的身影出現在眼前，一道強力水柱向自己沖來，伊東哲不得不鬆開手臂抵擋，白鳥也趁機飛走了。

「啊！好痛！」水柱打在身上，讓伊東哲痛得大叫起來。

「你看得見女神大人？」八田與一的聲音傳來。

「女神大人？你說她嗎？」伊東哲不解地看著那個少女，困惑地說：「有人看不見她嗎？」

「我以為只有我看得見……。」八田與一說，似乎有些慶幸不是只有他看得到。

伊東哲看了那個「女神」一眼，湊近八田與一，壓低聲音說：「與一叔，會不會是我們熱昏頭了，才會出現這個幻影啊？」

八田與一正要說話，女神抱著白鳥，站得遠遠地向八田與一告狀：「八田，你叫他不要亂抓『阿翎』啦！」

「阿翎？」伊東哲完全不知道這幾個字怎麼發音，聽起來像是臺語，「是牠先亂動我東西的好不好！」

「阿翎不盯著，怎麼知道你把我畫成什麼樣子！」少女說。

伊東哲傻眼，這是什麼意思呢？

「阿翎是嘉南平原常見的鳥，臺灣人説這叫『白翎鷥（peh-lîng-si）』，牠……算是女神大人的護衛。」八田與一幫忙回答，聽到這話，阿翎甩了甩身上的水珠，神氣地抬起頭。

「護衛？哪有這種事啊！」伊東哲翻了翻白眼，阿翎卻湊到他身邊用力一啄，伊東哲生氣地説：「什麼女神不女神，如果是女神的話，就用法術把大圳蓋好啊！」

「沒禮貌！」話一説完，阿翎竟然嘎嘎大叫起來！伊東哲聽見鳥居然會説話，嚇得跌坐在地，阿翎拍著翅膀大聲説：「我們女神大人原本住在地底的水脈裡，明明就是你們開工吵醒女神大人！現在還亂説話！不教訓你真的不行！」

阿翎一陣狂啄，伊東哲無法招架，八田與一趕緊上前分開他們：「好了好了……哎唷！算了啦！」

八田與一勉力隔開雙方，伊東哲連忙躲到他後面去，阿翎雖然也少了好幾根羽毛，但倒是雄糾糾氣昂昂地走回女神面前，讓女神摸了摸牠的頭。

八田與一拿出水壺，遞給受到驚嚇的伊東哲，等他緩過氣來，才慢慢解釋：「女神大人剛出現在我面前時，只是淺淺的影子，有時候閃閃爍爍的，也不太能跟我説話，後來才慢慢清晰起來……。我想，女神大人的法力跟水有關，水越豐沛、越穩定，女神的力量也會增加。所以，大圳沒蓋好，就沒有穩定的水讓牠施展法力。」

「這是你們的土地、你們的未來，你們要自己努力啊！神只能幫助人、不能隨意干涉人的決定，怎麼能叫女神自己把大圳蓋好呢？凡事都要靠神，那當人也太輕鬆了吧！」阿翎不滿地說，牠抖了抖羽毛，「這裡是女神大人的家，大圳就是祂的神體，像你們拜拜用的神像一樣，你們把大圳蓋好，有充足的水，女神大人就能靠著水來維持土地的穩定收成，讓你們可以好好生活，懂了沒？」

「這神像也太大了吧！」伊東哲想，但他瞬間懂了：「所以我要畫的『令人感動的大圳』，就是女神的畫像？」

「沒錯！」女神一拍手，走到伊東哲面前，認真地說：「要畫得讓我也很感動喔！」

「呃……這可麻煩了！」伊東哲想。

隔天一大早，伊東哲就被阿翎啄醒，他一睜開眼睛，就看到女神坐在床頭。

「太陽都曬屁股了，快起來！我們要出門了！」女神說。

「啊？去哪？」伊東哲問。

阿翎哼了一聲，用一種「我觀察你很久了」的眼神看著他，不客氣地說：「當然是帶你去看看土地跟大圳啊，你一直在亂逛，逛一百年也看不懂啦！」

伊東哲有點心虛，女神微微一笑，跳下床頭邊走邊說：「我們在外面等你！」

於是，伊東哲就跟著女神一起出門，他們走出了工地，外面像是剛下過雨，聞起來有種溼溼的味道。經過一條豐沛的河流時，伊東哲問女神：「與一叔說蓋大圳是因為缺水，但看起來這裡不太缺水耶。」

「現在是夏天啊，雨量很多，但因為坡陡流急，雨水一下子就從山上沖到山下，沒辦法好好留下來。」女神抬起手，手環散發出明明滅滅的幽光，「所以我的法力一下子很強、一下子很弱，在人有需要的時候，我不一定能幫上忙。」

「這樣啊！」伊東哲喃喃地說，他問阿翎：「你確定有了大圳就可以讓女神的法力穩定嗎？」

「嗯，八田與一設計了一套系統，先把水引到烏山頭水庫存起來，之後看狀況再送進大圳的水路裡去灌溉。你看，平原上還有其他的小池塘對吧？池塘可以幫忙留一些水給大家備用，用水路把池塘串起來就更好用囉！」阿翎說。

走著走著，大家都有點累了，就坐在路旁休息，阿翎用嘴在地上畫了三個圈圈，每個圈圈裡再畫成三等分，繼續說：「不過，水還是不夠讓大家同時都種植最耗水的稻米，所以要把農民們分組，三區一組。每一區分別種最需要水的稻米、甘蔗跟比較耐旱的雜糧；到了隔年，換種雜糧的去種米、種米的去種甘蔗、種甘蔗的去種雜糧，這樣循環下去，大家就可以不用搶水了。」

伊東哲在腦中想了一想，好像稍微有點概念了，反問道：「這是與一叔想出來的方法嗎？」

女神點點頭，望著綠油油的稻田，臉上露出了期待的微笑。

他們到處去看嘉南平原，有時走路，腳都走腫了；有時坐牛車，屁股在木板上磕得超痛；有時搭火車，鼻孔裡都是煤灰。

有一天，他們來到了沿海的北門，搭上了船，海風襲來，一陣鹹鹹的風沙吹到伊東哲臉上，他想到剛才看到沿海的土地上，有白色的鹽晶……。

「這樣作物會鹹死吧？」伊東哲問。

「對啊，但有穩定的水源，就可以慢慢把鹽分洗掉喔。」阿翎說。

突然，前方有大浪襲來，女神趕快伸出手，耀眼的光芒照亮海面，瞬間平息了海浪。

「女神大人的法力變強了！一定是部分的工程快完成了吧？」阿翎拍著翅膀說。

「可能是喔！」女神看著閃閃發亮的手環，一臉滿意的樣子。

1930・烏山頭

回到烏山頭，遠遠地，就聽見眾人歡呼的聲音。八田與一從辦公室走出來，興奮地說：「女神大人，烏山嶺隧道終於貫通了！祢的神體已經快好了！」

女神笑了起來，她舉起手，手環發出明亮的光芒，像水一般碧綠，光中隱隱有魚游向八田與一，似乎是來祝福。

明明是快樂的時候，卻好像有人哭了起來。

「為什麼要哭啊？」伊東哲知道，烏山嶺隧道是從水量更多的曾文溪引水到烏山頭水庫的重要管道，但是大家哭什麼呢？
阿翎把伊東哲拉到旁邊，小小聲地說：「幾年前，發生了很嚴重的事……。」

那時，引水到水庫的隧道要穿過一大片山嶺，但地質卻很破碎，即使經過幾次改變設計跟嘗試，仍然因為有一度挖到天然氣，而造成爆炸事件。

八田與一趕到現場，卻只看見崩塌的土石與重傷的工人們。

「你們是不是挖到石油？」他嚴肅地問負責的工頭。

「是……，但沒有很多，還可以繼續挖，還有人說，是不是挖到油田了……。」

「這種事應該讓我知道！」八田與一非常生氣，有石油，就表示附近也有其他易燃氣體，如果早點知道，他就會中止工程，當然，也就不會有人受傷，甚至……。

「有五十多個工人就這樣死了。」阿翎難過地說，牠啄了啄身上的毛，露出底下疑似燒焦的疤痕，「但事情沒那麼容易結束。隧道的工程一直延遲，加上日本發生了大地震，需要大筆的重建經費，所以錢不夠用了，只好縮小工程規模……。」

天然氣：由烴類化合物組成的易燃氣體，一般存在於地底，如果不小心挖破而外漏就會造成危險。

「啊？那不就有很多人會沒工作嗎？」伊東哲驚呼。

「有一半的人都被解雇，八田就到處去幫他們找工作，而且答應大家，一定會讓他們再回來。」阿翎説，牠甩了甩頭，張開翅膀，只見新長出來的羽毛遮蓋了疤痕，「九個月之後，好不容易籌到了錢，大家才能再回來，繼續把工程完成。」

「原來，信心滿滿的與一叔，也不是一帆風順的。」伊東哲想，地震不是他的錯，可是發生了出人命的事故，一定有很多人責怪他吧？一定也有百口莫辯的時候吧？沒有想要逃走嗎？

阿翎好像能聽到伊東內心的聲音，抖抖尾羽，説：「八田一直都『黏』在這裡，就算別人再怎麼罵他、笑他，他都不肯離開。」

「如果……自己沒有逃走呢？」伊東哲想。「如果，像與一叔一樣咬緊牙關，也許改變一下方式，也許更積極地向大家解釋，是不是東京的報紙就會放棄對我的攻擊？從前的朋友、老師們也不會放棄我、遠離我了？」看著八田與一開朗的臉，伊東哲卻高興不起來，心裡有許多念頭混雜。

「你就只能畫這些土裡土氣的農民啦！」「農家的小孩學什麼西洋畫！」當初在學院裡有很多人嘲笑過他，但那些被同學取笑「很土的畫」卻得到生平第一個大獎，那時，伊東哲覺得自己一定可以成為了不起的畫家，但如今，這個夢想好像也破滅了。

「在日本，沒有人會請我去畫畫，我也不能夠再參加畫展，就像那些被迫離開大圳的員工一樣，我必須要自求生路……。但是大圳看起來再過不久就能完成，在這之後，我又要去哪裡呢？」

「與一叔要我畫出『令人感動的嘉南大圳』，但我要怎樣才能畫出人們對大圳的期待？我……還能畫出好的作品嗎？」伊東哲陷入沉思。

不久之後，經過了多年辛苦才完成的烏山嶺隧道舉行貫通儀式，伊東哲架好了畫架，想記錄這一天的景象，女神與阿翎則跟在他附近。

八田與一站在最前面，他唸著一長串的名字：「……高見信、歐仙福、王有順、朱春欽、郭清秀……。」每唸出一個名字，人群中就有人發出長長的嘆息，讓伊東哲也覺得難過起來。

一片靜默中，八田與一大聲說：「希望大家都不要忘記他們，等到完工的那天，這些名字會被刻在石碑上永遠紀念！諸君，工程還沒有結束，我們還要繼續為後代的人努力！」

「嘩啦」一聲，不知道哪裡來的水柱突然沖上天空，大家冷不防被落下的水花灑得一身溼。

「啊唷！」「是誰亂噴水！」眾人吵吵鬧鬧，八田與一也不懂怎麼回事。

伊東哲瞄見一閃而過的光芒，他無奈地從畫架後探出頭來，指了指女神。

八田與一心領神會，趕緊說：「大家涼快一下！射水車準備！」

原先用來射水、製造水庫堤壩的射水車連忙啟動，「噴水」號令一下，一起把水灑向空中。冰涼的水花，映著嘉南平原炎熱的太陽，出現了彩虹的光輝。大家都歡呼起來，不論大人小孩都開心地玩起水。

伊東哲一邊忙著畫，一邊低聲說：「女神大人，這才是祢該上場的時候吧！」

「轟隆」一聲，水流從前方的隧道口裡沖出來，象徵著隧道終於可以成功運作了！

水庫已經完成大半、隧道周邊的設施也快要好了，引水澆灌作物的水道更完成了八成，但伊東哲的任務好像還沒有找到頭緒。於是，他決定先用傳統的素描跟水彩練習畫畫看。這天，他來到水庫外的水路工程邊，看著工人熟練地鋪設夾板、攪拌水泥，把水泥灌進水道的模板裡，然後細心搗實、抹平水泥，想像大圳的眾多水路就像血管一樣，一寸寸地往前延伸，直到布滿整個嘉南平原。

「炎熱的大地，即將遍布新綠，那應該會是令人振奮的場景吧？」伊東哲想，不知不覺也開始期待起來。拿著畫筆的手，更是勤奮地工作，路過的農民都湊過來看，有人發出讚嘆、有人誇獎，但他卻聽見：「哼！咬人大圳！」「水害組合的人啦！」「家裡都沒米下鍋了，還要繳錢！」「蓋這麼久還沒好，幾時才能用水？」「為什麼要三年輪作？為什麼繳錢的人要種東西還要被管？」

伊東哲不解地回頭看，對上一雙雙不滿的眼神，其中有一個看起來像是帶頭的人瞪了回來，故意用日語說：「來來來，趕快來這裡簽名，請政府停止蓋大圳！」

「你不能這樣做！」伊東哲忍不住喊了出來，女神、阿翎、與一叔與大圳員工們的臉在他眼前閃過，「大家都這麼努力，為什麼要搞破壞！」

「你懂什麼？他們努力，我們就不努力嗎？弄了那麼久都沒看到好處，而且什麼都要我們付錢！這樣公平嗎？」農民們憤怒地說，聲音在伊東哲耳邊轟轟作響，「都怪那個八田啦！」

咬人（kā-lâng）大圳：當時的農民以臺語的諧音譏稱「嘉南大圳」
水害組合（tsuí-hāi-tsoo-ha̍p）：當時的農民對於嘉南大圳的建設與管理機構「嘉南大圳水利組合」的蔑稱。

伊東哲回到烏山頭，剛下工的八田與一向他揮了揮手，後面跟著女神與阿翎。

「咦？你怎麼啦？」女神問。

伊東哲把剛才的事情說了一遍，語氣有點消沉：「大圳不是為了農民才蓋的嗎？可是，他們看起來不太高興，而且……他們說要停止工程……女神大人，如果大圳沒有蓋好，祢會怎麼樣呢？」

「女神大人不會怎樣，但你們人類就慘了！像從前一樣看天吃飯，女神大人就算在地下幫忙挪動水流也很有限，你都不知道，每年夏天都會下大雨，灌進地底的水量很恐怖的！女神大人光是忙著引走地底的水就忙得要命，還要被其他的山神、水神、雨神抱怨說影響他們的工作，我們女神大人多委屈你知道嗎！」阿翎劈哩啪啦講了

一大堆，伊東哲聽得一愣一愣，卻沒注意女神低下頭，而一旁的集水池開始出現了漩渦。

「糟糕！」「不好！」八田與一跟阿翎同聲說，女神難過地哭了起來，一道水柱從集水池中捲起，伊東哲連忙抱緊手上的畫，水柱嘩地一聲把眾人淋成落湯雞，而女神的哭聲比水流更驚人。

八田與一無可奈何地對阿翎使了個「交給你」的眼色，然後把伊東哲拉走，小聲地說：「女神大人的心很軟，人家稱讚大圳、祂就開心，罵大圳、祂就難過。」

「大圳是建給農民用的，但他們那麼討厭大圳，換作是我，也會難過，但重點是，為什麼？」伊東哲問。

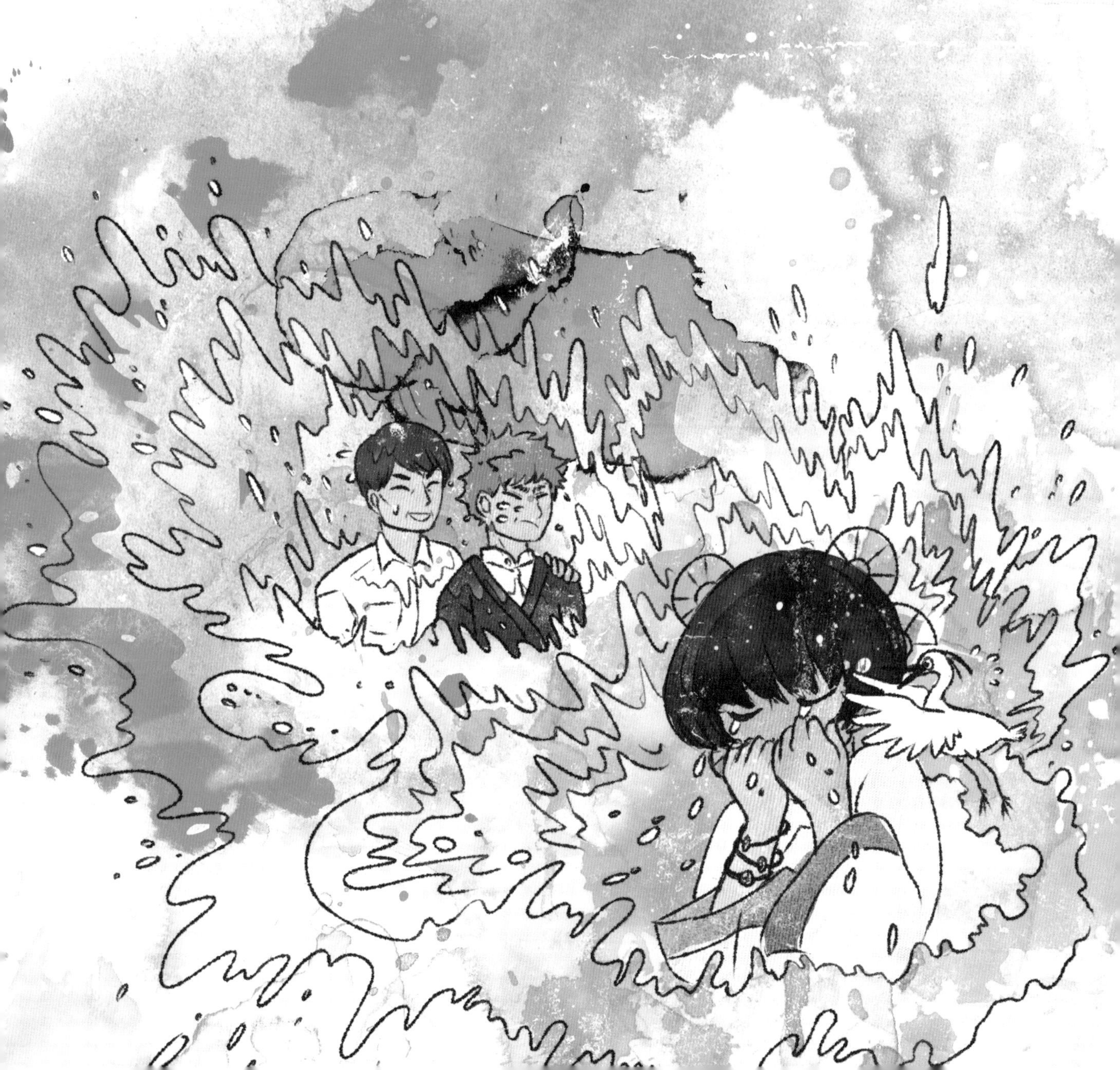

「因為建大圳的錢是農民跟政府一起出的，蓋好之後的管理費也是農民要負擔。」八田與一回答。他告訴伊東哲，蓋大圳當然是對未來幾十年都有幫助，但對農民來說，眼前的這幾年要做這麼多改變、還要付這麼多錢，當然不會開心。但是不蓋大圳，將來只能勉勉強強過日子。

伊東哲還是不太明白，他問八田：「大圳建造期間，對農民的影響到底有多大呢？」

八田與一想了想，換了個方式解釋：「這麼說吧，假如不蓋大圳，嘉南平原上的農民每人每天只能吃半碗飯，從以前到現在、到未來都是這樣。可是大圳興建的這十年，大家每天只能吃四分之一碗飯……。」

伊東哲一聽就急了，他連忙說：「那怎麼行！餓個一天、兩天還行，餓十年怎麼受得住呢？」

「可是，忍過這十年，接下來活到老、到下一代的子孫都有可能每天吃一整碗飯喔！」八田與一回答，他誠懇而堅定地望著伊東哲，「如果是你，你會怎麼選擇呢？」

伊東哲啞口無言，他想了又想，良久才說：「如果是我，當然會選擇忍十年。」
「那是因為你現在沒有餓肚子啊，但農民確實很苦，我不怪他們。」八田與一苦笑著說。

「與一叔，能不能把大家聚集起來，再跟他們談談看？」伊東哲說。

「我一直都在想辦法談。」八田與一無可奈何地說，他拍了拍身上的灰塵，「但是從提出蓋大圳的想法到現在，一直都有人懷疑，也有人想阻止我，他們不會停止的。」

「啊？那……那……那該怎麼辦？」伊東哲一聽，緊張得連話都說不好了。

「哲君啊，有些時候，任憑你再怎麼努力，都不能讓大家都喜歡你、支持你的。」八田與一搖搖頭，像是想要甩落這些質疑，他回頭望著大圳工地，「但是，因為他們不喜歡、不支持，就表示這件事一定是錯的嗎？

或者，就表示你做的事沒有意義嗎？」

伊東哲心頭一震。

「我敢說，我是世界上花最多時間考量大圳事情的人。我認真想過了，我想做，而且可以做好，那麼，不管大家怎麼罵，我只需要把大圳蓋完就能證明一切，其他的事，不能停止我的腳步。」八田與一堅定地說，他望向目瞪口呆的伊東哲，突然不好意思地笑了，「這樣好像有點任性哦……要是女神大人聽到，不知道會怎麼說呢！」

「不，我覺得……女神大人會很高興的。」伊東哲說。

兩人回到八田家，吃過了熱騰騰的飯菜後，八田家的小朋友正在做風箏，伊東哲大筆一揮，在他們的風箏上畫上了漂亮的圖案。

「哇！好漂亮啊！」「可以教我嗎？」小朋友七嘴八舌，伊東哲也不拒絕，耐心地教他們如何畫出輪廓線，然後一塊一塊填色。

不知不覺，已經是深夜，小朋友們都去睡覺了，伊東哲拿出自己畫的東西，八田與一讚嘆著說：「哲君，你的畫好像不一樣了，在東京的時候，你的畫感覺有一層灰灰的東西，而且看起來跟其他畫家差不多，但現在的畫，好像變得明亮許多。」

「是嗎？」伊東哲自己完全沒感覺，八田與一拿出幾張明信片，都是伊東哲當年參加比賽的畫作複製品，對比一看，伊東哲不由得說：「咦？好像真的不太一樣了，變鮮豔了。」

「看來，臺灣的陽光也改變了你呢！」八田與一笑著說，他坐在榻榻米上，吹著夜晚的涼風，「你有沒有想過教人家畫畫呢？剛剛在教那些小毛頭的時候，你看起來比他們還要快樂。」

當晚，伊東哲留宿在八田家，他夢見自己變成了風箏，被八田家的小孩拉著、在天上翱翔，地面上熟悉的人、事、物、機械、山嶺、農田……都變成了小小的色塊，五彩繽紛。

「在天上飛很好玩吧！」熟悉的聲音傳來，原來是阿翎！牠陪著伊東哲一起飛過平原，說了很多話，但在醒來之後，伊東哲只記得一句。

「這是我們的家，請把它的樣子永遠留下來！」

1930·烏山頭

大圳的工程持續進行，伊東哲練習的畫作也一幅接著一幅出現，他有時甚至會在牆壁上作畫，路過的人看到之後都覺得心情輕鬆起來。而他幫八田家的孩子做的風箏，讓烏山頭的小朋友都超級羨慕，於是，附近小學的老師就來拜託他：「有空的話，請您來教我們的學生畫畫吧！」

所以，閒暇無事的時候，伊東哲也去小學教小朋友畫畫，先從素描開始，然後教水彩，只是隨著工程接近完工，「令人感動的大圳」依然沒有任何進度，這是他來臺灣最重要的工作，卻一直停滯不前，實在讓他很煩惱。

有一天，伊東哲正在教寫生，一轉眼看到女神跟阿翎攀在窗外探頭探腦，伊東哲連忙走出去，說：「阿翎！你來做『麻豆』如何？」

「麻豆？麻豆不是在西邊嗎？」女神跟阿翎非常不解。

「才不是咧，麻豆是固定不動、寫生用的人啦。」伊東哲笑了起來，他把阿翎抓進來擺好，「好囉！不能動喔！」

明亮的陽光照進教室，照亮小朋友們的臉，女神也悄悄地走進來，坐在阿翎旁邊安撫牠。實在是太久了，阿翎忍不住搧了搧翅膀，陽光透過羽毛落在女神的衣服上，像是印上花紋一般，這一切在伊東哲眼中變化起來，他想起了前幾天夢中的嘉南平原，突然有了靈感。

「我想到了！」

「與一叔！我想到了！」伊東哲衝進八田與一的辦公室，大聲地說：「我想到要怎麼畫出大圳的全景了！」

「喔！」八田與一站起身。

「不要用西洋畫那種寫實的風格，用鳥瞰的角度畫，然後用蠟描染！用我們金澤最擅長、有好幾百年歷史的技術，像這樣……，你看你看，展開的時候，大家就能像飛在空中一樣看到完整的大圳，而且絹布會隨風飄動，整個畫面會彷彿活了起來一樣很立體……。」

伊東哲一邊畫、一邊說，興奮到嘴角都冒泡，八田與一卻連忙制止他：「等等！蠟描染是工藝的技術吧！但我們沒有這樣的工匠啊！」

「這是什麼話！你想，當初烏山頭也沒有會開機械的工人啊！沒有工匠的話，我們可以從日本找師傅來教啊，只要肯花時間，一定可以學會的！以後就會有人可以使用這種技術了，不是嗎？」伊東哲挺直了背脊，充滿自信地說：「不管再怎麼困難，我一定會創作出『令人感動的大圳』，用最古老的方式，來畫出最現代的大圳！」

八田與一一句話也說不出來。

1930·烏山頭

於是，伊東哲就認真地研究起來，他先畫了草稿，然後自己看書、寫信、找人，到處去詢問製作方法，一心研究到底應該如何處理。

原來是要先把草稿畫在絹布上，接著用很細的筆，沾上融化的蠟，一段一段地描在草稿的線上。

接著，把比較細緻的圖樣先用糯米糊蓋起來，泡水，把蠟底下的草稿線洗掉。

然後開始刷上水波、山丘、樹林、屋瓦等比較大的色塊，乾了之後再把糯米糊弄掉，露出底下的圖稿。還要一點一點用細細的毛筆替所有的東西點綴色澤，像是花蕊、小石頭、牛、牛車、火車的標誌⋯⋯。

最後才是除掉蠟，露出色塊跟色塊之間細細的白線，就像陽光照耀在絹畫上，閃閃發光。

伊東哲日以繼夜工作，終於，完成了二十幅絹畫，他命名為〈嘉南大圳工事圖〉，畫的是不同角度的嘉南大圳。他用不同顏色區分不同的區塊，將最高貴的紫色，用來描繪大圳女神平常居住的水庫。「終於！完成了！」伊東哲眼前一黑，就暈睡了過去。

「他也真夠努力了。」阿翎趴在窗邊見證一切，牠回頭看著女神，「這二十幅畫都會留在這裡嗎？」女神搖搖頭，有點遺憾地回答：「八田會把畫送給幫助過大圳建設的人當作紀念，這些畫會去一些很遠很遠的國家，讓他們知道臺灣有這樣的地方。」

一神一鳥對看了一眼，都覺得有種莫名的感傷，不想讓這二十幅畫就這樣散去不知名的地方。

「女神大人，祢有聽說過『咒』嗎？聽說，只要祢想要一個東西，想得夠強烈，就可以把意念放進去那個東西裡，讓它留在祢身邊。」阿翎說。

「我恐怕做不到，因為這些東西必須要離開，必須要被其他人看見，這是八田、伊東跟大圳員工們努力的心血結晶啊！」女神有點感傷地回答，祂走進伊東哲的房間，仔細地看畫。

這些畫都不是伊東哲過去擅長的西洋油畫風格，他將嘉南大圳上所有的風景簡化成明亮、輕巧的小圖樣，每個圖樣都是他認識的人、看過的風景：水牛在水庫堤壩上走著，冒著煙的火車呼嘯而過，火紅的鳳凰花在枝頭綻放，大圳的工作人員與他們的家人在烏山頭水庫周邊生活，一輛小汽車停在房子前面，八田與一從車上走下來……。這些圖樣非常簡單，卻組成了細緻燦爛的景象，充滿了活力。

女神看著畫，臉上露出了微笑，卻又感動地紅了眼眶。在天明之際，祂嘆了口氣，指尖發出細細的光，落到二十幅畫上，也落在伊東哲頭上。

伊東哲兀自沉睡，從他在東京因為畫作被人攻擊以來，這是他第一次睡得安穩香甜。在夢中，他像是優游的魚一樣輕鬆。

又是幾年過去了，伊東哲再次搭上了輪船，這次，他要告別臺灣。

1930 年，大圳完工之後，二十幅〈嘉南大圳工事圖〉中，伊東哲只留了一幅，其他都送給別人，有的去美國，有的去日本，說也奇怪，伊東哲卻不覺得不捨或難過，他感覺這一切都理所當然。

伊東哲再也不在意其他人對畫的評價，他只是專注地創作，每一幅畫都超越自己過去的作品，不需要別人讚賞，他只是專心地走著自己的路。他也開始學著當老師，到處教人畫畫，這樣的生活不像在烏山頭的時候那麼安穩，但他並不害怕。

伊東哲常常把絹畫放在枕頭旁邊，入夢時，阿翎會前來迎接他、帶著他飛過平原，去看看女神的神力如何庇護著人們。

層層稻浪、看不見盡頭的金黃、豐收的嘉南平原，一切都很美好，女神會在旅程的盡頭等著他。

「謝謝你，留下了這麼美的畫。」女神總是這樣說。隨著時間過去，祂的容貌也開始出現變化，從當初活潑的女孩，變成了眼神堅定的女子。

「女神大人也長大了呢！」伊東哲想。他總是笑著醒來，知道自己有勇氣再去面對挑戰。東京的人不喜歡他、不認同他的畫，又怎樣呢？他還可以當老師，把當畫家的夢想傳遞給學生，或者，就去另一個不熟悉的國家繼續畫畫吧！沒關係，他會勇敢前進！

2019 年，臺南的拍賣會。

「什麼！竟然是這麼高的價格！」「太驚人了！」人們交頭接耳，不敢置信伊東哲的畫竟然有人要用超乎預期的價格買走。

「後面那位夫人，您確定嗎？」主持人也不太相信。

此時，一個戴著墨鏡的女子從群眾中站起身，她一身白衣，手上掛著一只手環，似乎還發出微微的光，她說：「我確定，而且，以後看到這幅畫的人，也都會相信這是一幅值得被臺灣人珍藏的畫。」

「您的意思是？」

「意思是，我要讓大家都能看得到。」女子堅定地說，接著她舉起手，手環發出強烈的光，會場內外先是一片靜寂，接著畫作慢慢掀動，彷彿有風，最末強風颳起，好似要將現場所有見證的眾人全都捲進去一般。

忽然，風又停了，就像什麼事情都沒有發生過，唯獨主持人手上多了一張天價的支票。

「畫？畫不見了！」有人驚呼起來。

「阿翎啊，畫是到手了，但我們可以把它送到哪裡去呢？」女神問。

「女神大人，我們先把畫送去檢查，看看有哪裡需要修補，然後再慢慢給它找個好去處，讓大家都能看見！」阿翎身為女神的護衛，牠很上進地學習新科技，熟練地按了按手機開始導航。

〈嘉南大圳工事圖〉誕生的故事結束了，但是這二十幅畫重回臺灣的故事才正要開始呢！

工事模樣解析

嘉南大圳

嘉南大圳工事圖
—— 藏了哪些東西？

一起尋找吧！	壹	貳	解析分隔圖
	叁	肆	

作者：顏弘澈

壹

工程設施

08 烏山嶺引水隧道（東口），引水源穿過烏山嶺之馬蹄型水道，長3,110公尺，1929年完工，工程之最。

15 嘉南大圳輸水幹線及跨圳橋梁（嘉南大圳區分南北主幹線、支線、分線、給水路等），北起濁水溪，南至二仁溪，南北長110公里，灌溉面積達15萬甲（一甲約等於23個籃球場）。

16 「半水成填充式」工法作業情形。

17 「轉倒式土運車」土砂石場作業情形，每車2.5坪（15立方公尺），25車一列。

18 德國製A型蒸氣機關車（1921年共有12輛運到臺灣，戰後臺鐵編為DK500型）。

壹 貳
叄 肆

自然生態

01 水稻收成後之稻草堆，堆得越高表示越豐收。

02 05 トキ（朱鷺科）（Threskiorni-thidae）或黃頭鷺（牛背鷺）（Bubulcus ibis）。

03 朝顏／牽牛花（Purpurea nil / Ipomoea nil），夏日清晨綻放。

04 疑似「四葉飾（quatrefoil）」，圖案分別代表馬太、馬可、路加、約翰四本福音的意義，作者可能受到宗教影響以為用四葉飾入畫有祈福作用。

06 東湖國小附近聚落，樹木可能為白千層（Cajeuput-tree / Pune-tree）。

07 鳩鴿科（Columbidae），可能是野鴿或是紅鳩之類。

09 荔枝樹（Litchi chinensis），又名離枝，是中國南部出產的亞熱帶果樹。

10 無患子樹（Sapindus saponaria），別名皮皂子、洗手果，抗風，耐乾旱，可保護水土。

11 木棉樹（Bombax ceiba），又名攀枝花、紅棉樹或瓊枝，落葉大喬木，高10 - 20公尺。

12 刺桐樹（Erythrina variegata），豆科刺桐屬的落葉性喬木。

13 臺灣海棗（Phoenix loureiroi / Taiwan Date Palme），棕櫚科刺葵屬，臺灣特有種。

14 芒果（Mangifera indica），漆樹科植物，原產地北印度和馬來半島，果實甜美。

自然生態

工程設施

自然生態

32　朝顏／牽牛花（Purpurea nil / Ipomoea nil），夏日清晨綻放。

33　烏秋（Dicrurus macrocercus），卷尾科，俗稱大卷尾，是臺灣特有亞種。

35　木瓜樹（Carica papaya），臺灣盛產，果肉質厚甜美味香，「木瓜牛奶」是臺灣有名飲品。

36　肯氏南洋杉（Araucaria cunninghamii Sweet），1901年引進，分布於臺灣各地庭園、公園、學校。

37　阿勒勃（Golden Shower Tree），俗訛作阿勃勒。原產地喜馬拉雅山東部或西部，17世紀引進臺灣。

43　刺葉王蘭（Spanish Bayonet），龍舌蘭科，別名黃邊王蘭，普遍栽植為園藝觀賞。

嘉南日常

39　米鋪，八田聚落早期有一間米鋪，戰後為碾米廠。

40　八田聚落的甲級宿舍，前排第二戶為八田與一宅，戰後改為嘉南農田水利會俱樂部，大地震後嚴重受損停止使用，2009年馬英九總統指示在原建地恢復宿舍原貌，並登錄為歷史建築，2011年5月8日成立八田紀念園區供遊客參觀。

42　首長座車，門邊有「嘉南大圳組合」徽章，此處所描繪的應該是八田技師座車。

44　可能是當時的公共澡堂，並描繪嘉南村當時居民生活的榮景，相對位置未必很精確。

工程設施

34　架空索道車，烏山嶺取水隧道（東口）工程施工期間，為克服險惡的山岳地形，自烏山頭東口工地建設安全索道以便運送砂石、紅磚、水泥等施工材料，搬運量每日50噸。

38　六甲尋常高等小學校，為現在嘉南國小之前身，創立於1921年，原為日籍參與烏山頭水庫工程之工程人員子女所就讀的學校。

41　公共埤圳嘉南大圳組合烏山頭出張所，建於1921年4月，烏山頭出張所乃為了烏山頭水庫及嘉南大圳而設立，大圳在此地規劃設計，才有今日的七座渡槽橋與烏山頭水庫及嘉南大圳完工，當時興建水庫的工人在此定居，形成今日的嘉南村。（「出張」是日文中「出差」的意思，出張所即類似警察派出所的外派辦公機構。）

45　似乎描繪現在嘉南村偏西小聚落附近早期之小型工廠，鐵管疑似支線所用。

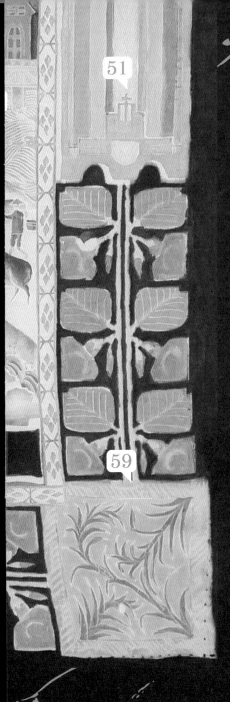

自然生態

48 鳳凰樹及鳳凰花（Delonix regia），鳳凰樹為為臺南地區特色植物。

49 香蕉（Musa × paradisiaca），明鄭時期自東南亞引進臺灣試植成功，味美且可入藥，為主要農產品。

50 八掌溪，位於臺灣中南部，屬於中央管河川，長約80.86公里。

56 蘿蔔菜園，蘿蔔（Raphanus sativus）或大根（だいこん），別名菜頭。

57 蕃石榴樹（Guava）或ツキノバラ（月の薔薇），為多年生常綠灌木，臺灣於1929至1937年間栽培最盛。

工程設施

46 架空索道配送站（起點）。

47 烏山頭施工所及倉庫區，施工期間，烏山頭（現嘉南村）為主要施工指揮所，在周邊設有加工所、機關車庫、倉庫及索道配送點、磚廠等設施，以便利工程作業。

51 給水路及控制閘門。

52 圓錐形制水閥(NEEDEL VALVE)，口徑約1.5公尺。

53 日本製7噸無蓋客貨車，當時此型車有3輛。

54 烏山頭煉瓦工廠，位於現在祖師公廟附近。

55 似乎描繪現在嘉南村偏西小聚落附近早期之小型工廠。

58 八掌溪渡槽橋，於1930年通水啟用，長272公尺，水槽寬3.65公尺，高3.15公尺。

59 描繪嘉南大圳完工之後，水庫的水可以由幹線、支線、給水路等圳渠將水源分送至田間灌溉，農民無需挑水，農田不再是看天田了。

尋找伊東哲：
一段延續至今的旅程

撰述攝影：謝金魚／採訪協力：劉艾靈

「伊東哲（1891-1979）是誰？」

問起這個，相信百分之九十九點九九的台灣人與日本人都會一臉茫然，即使在他的家鄉——日本石川縣金澤市，「伊東哲」也是令人陌生的名字。這一切都要從一幅被收藏在金澤市郊的絹畫——〈嘉南大圳工事圖〉說起，它正式的名稱是〈和蠟描壁掛嘉南大圳工事模樣〉，原本被伊東哲送給他的姪女當作結婚禮物，數十年過去了，這份禮物又交由姪孫伊東平隆先生收藏。收到叔公與姑母傳下的絹畫後，有農學背景的平隆先生雖然知道上面印的是嘉南大圳跟台灣當地的植物，卻不確定到底畫中的東西有哪些，於是委請了台灣的嘉南農田水利會協助辨認。

根據顏弘澈先生分析，這幅大約半開大小的絹畫中，竟有數十種在烏山頭水庫周邊生長的植物以及相關設施、器械，充分將大圳當時的模樣濃縮在作品當中。最讓人印象深刻的是，絹畫以大量深淺不同的紫色為主調，搭配著繽紛鮮豔的色彩與樸拙溫柔的線條，將南國熾熱而明亮的風景鮮活地帶到觀看的人眼前。

不過，當我們這些繪畫的門外漢第一眼看到它時，想的卻是：「等等！這不就是現在很熱門的文青手繪風嗎？」而後，我們逐漸知道了伊東哲的遭遇（註1），更不禁想，他真是生錯了時代，如果晚一百年出生，他的人生或許不會這麼困難。然而，歷史沒有早一步也沒有晚一步，我們就這樣追著這幅畫，前往伊東哲的家鄉、被稱作「小京都」的金澤市。

註1：中文研究中最早注意到伊東哲的學者是黃琪惠教授，她以2017 年出現於拍賣場上的「嘉南大圳工事模樣」為主題，爬梳出伊東哲、八田與一與「嘉南大圳工事模樣」的故事。參見黃琪惠，〈八田與一與伊東哲的嘉南大圳圖像〉，（台北：「時代下的關鍵：從兩批新文物重探歷史情境」會議論文，2017.08.11）。

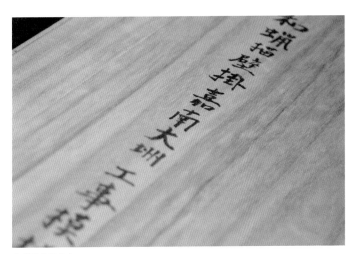

身穿唐裝的伊東哲，原件現藏於伊東平隆宅。

收藏絹畫的木盒。

絹畫局部。

小京都裡的台灣人

日本是高度制度化、規格化的國家，查找資料相當方便，不過，人與人之間的「人間關係（人際關係）」非常緊密，若沒有一定的信任基礎跟來往，是不可能接觸到真正的核心資料。為此，我們輾轉找到了一位日本朋友協助，她建議我們先與台灣人在金澤的在地組織聯繫，而不要擅自聯絡伊東家族，並從友人那裡取得了石川縣台灣華僑總會（以下簡稱台僑會）的聯絡方式。於是，我們就與台僑會接觸，沒想到熱心的會長高仙桃女士告訴我們，早有人替我們打過招呼，而她剛好認識伊東家族的後裔，因此，她囑咐我們下飛機後先到她的餐廳找她，隔天，她會帶我們去拜訪。

我們來到高會長的餐廳「仙桃」，享受了一頓以金澤食材烹調的中式料理，「仙桃」是金澤知名的近江町市場一帶唯一的中餐廳，裡面卻到處都可以看見台灣的痕跡，牆面上懸掛著一排台灣的風景攝影，入口處放著關於台灣的情報，另外，就是八田與一的各種資料。

八田與一，這個在台灣無人不知、無人不曉的名字，在日本卻沒沒無聞，唯獨在他出身的金澤市區，有不少關於他的展示品或者說明，造訪金澤的台灣人可能會感到親切吧？這些都跟金澤當地一些熱愛台灣的人有關，八田與一可以說是他們的精神象徵，高會長告訴我們：「金澤從以前就是以水利工程出名，八田帶去台灣蓋大圳的人，也有不少來自金澤，他們回到日本之後，還是很想念台灣，他們的後代或者相關的人都很關心台灣的事。」就連台僑會的會員中，也有許多是與台灣有淵源而加入的日本人。

在金澤一帶定居的台灣人僅有數十名，但加上這些心向台灣的日本人，台僑會成立雖晚卻在金澤十分活躍，也常常透過各種文化交流活動來介紹台灣。我們問起高會長與伊東家族相識的原由，她望著牆上的台灣照片說道：「是之前我們辦攝影展的時候認識的，伊東先生與夫人一起來看展，也問起許多台灣的事，就變成很好的朋友了。」

隔天，在驅車前往伊東家的路上，高會長又告訴我們，在我們聯繫之前，有一位在市政府任職，堪稱「台灣通」的先生就特別跑來仙桃餐廳，告訴她台灣有人要來金澤找伊東哲的資料，希望她可以大力幫忙。在路途中，又加入其他幾位對台灣、對八田家和伊東家很熟悉的當地人，其中一位先生特別在西裝上別上了國旗徽章，小小的配件顯示出誠摯與慎重的心意。

花園村的伊東哲

花園村距離金澤市區不過十五分鐘車程，沿路的景觀卻有相當大的變化，高聳巍峨的江戶名城之後，是明治大正時代的洋風建築，接著是現代的大樓，出了市區後，就是一棟棟精巧可愛的別墅座落於田野之間，有點像是台灣的鄉下了。車子拐過村落的彎道，在一戶大約三層樓高、像是時代劇裡才會出現的古農家前放慢速度，高會長說：「這就是八田與一的家，後面那間就是他就讀的小學。」

但我們今天不去八田家，車子再拐過一個彎，穿過後面的大馬路往山的方向前進，大約兩、三分鐘後，來到另一戶跟八田家十分相似、但又更寬闊的宅邸前。這才是

伊東哲出生的地方，伊東家與八田家住得很近、又互相通婚，因此關係十分深厚，伊東哲在輩分上是八田與一的表姪，但實際上兩人的年齡相差不遠，伊東哲的大哥伊東平盛更是八田與一一生的摯友。在日本的大家族中，向來由長子繼承家業，平盛因此繼承了這座大宅邸，而後又傳到了他的孫子平隆先生手上。

平隆先生約莫七十歲，他一聽到車聲就走出門口，親切地迎接我們。他是農學博士，一直從事著相關研究，退休後與妻子千佳子女士回到老家，重新修繕這座占地五百坪、近一百五十年歷史的大宅子，透過他們的維護，伊東哲的畫作也得以保存與展示。

伊東大宅分成前後兩大部分，前面是寬敞挑高的客廳，帶著一點明治大正時代的洋風氣息，過去燒灶的廚房已經改成西式設備，客

伊東家的家紋，伊東平隆先生提供。

廳旁邊陡峭的樓梯上去就是閣樓，也是「伊東哲美術館」的所在地，可以預約參觀。拉開客廳的木門，後方則是完全日式的起居空間，有三疊半的茶席、客室與佛龕，用來招待上賓的客席塗上了高貴的朱漆，在此可以一覽庭園中的造景，在另一側則可以看見寬廣的山林。由這棟大宅可以想見伊東家族悠久的歷史，據說伊東家族最早可追溯到千年前的平安時代，原是京都一處神宮的莊園管理者，後來才逐漸遷徙到金澤來。

伊東平隆先生與夫人千佳子女士。

伊東哲的少年時代，就是在這棟內有濃厚文化氣息、外有自然山林的宅子中度過，他與兄弟們從少年就自己編印雜誌《山百合》，刊登自家的作文與插畫，雖只在自家流通，也可以看出伊東家推崇文化的家風。因此，當伊東哲展現繪畫天分、預計前往東京美術學校（今東京藝術大學）學畫時，並沒有家族中人反對，當家的大哥平盛與弟弟們也都盡可能地協助他，伊東家甚至在東京郊外替他置辦畫室，讓他可以安心創作。

既無衣食之憂，伊東哲專心投入創作，很快就嶄露頭角，1916年，二十六歲的伊東哲入選「文部省美術展覽會」（簡稱文展），這個官方性質濃厚的展覽顯示了主流畫壇的評價，此訊傳回金澤，當地的新聞歡欣鼓舞地以「非凡的畫才」來稱呼他，而心高氣傲的伊東哲也告訴兄弟們：「我入選文展是當然的事！」他的傲氣在接下來的十二年間都不曾消退，在「文展」於1919年由新成立的「帝國美術院」舉辦而改稱「帝展」後，伊東哲屢屢入選，可說是日本西洋畫界的寵兒。

1927年，三十七歲的伊東哲第五度入選「帝展」，畫面模仿著西方的聖人圖像，切成三部分，背景是一片春意盎然的森林，正中一個身披鵝黃打掛（註2）、眉宇含愁的美人望著前方，身上的華麗服飾妝點了她、也束縛著她，使她無法奔向自然。

註2：日本和服的一種，原為武家女性的禮服，現在多於婚禮等正式場合中穿著。

這幅名為〈沉思的歌星〉的作品，是以當時的女詩人柳原白蓮為模特兒繪製，柳原白蓮出身名門、姿容美麗又有才華，在後代被稱為「大正三美人」之一，1921年時，她逃離富豪丈夫，與年輕的律師私奔，面對輿論譁然，白蓮傲然挺立，始終沒有屈服，直到最後成功與愛人共結連理。

在現代看來，這不是什麼新鮮事，但在九十年前，這是舉國沸騰的超級醜聞。1927年時，柳原白蓮與私奔的情人結婚、生下一女，在經濟困難的狀況下，她可能透過朋友介紹，當伊東哲的模特兒賺點零花，〈沉思的歌星〉因而誕生。或許，柳原白蓮孤高不群的精神感動了伊東哲，讓他下筆時寄託了溫和與同情，不過，兩人的相會僅只於此，並沒有更多往來。

〈沉思的歌星〉（複製明信片），原畫已佚。

卻沒想到，入選帝展後，以醜聞女主角為模特兒一事引來了輿論撻伐，畫壇抨擊他媚俗炒作話題，對伊東哲嫉妒已久的其他畫家則嘲笑他還不如畫一些土到不能再土的農夫、農婦就好（伊東哲的成名作就是畫農民夫婦）。入選帝展本是光榮的事，但伊東哲從此自人生的高峰摔下，不得不黯然離開日本畫壇。

海外的新天地

伊東哲的痛苦，讓愛護他的大哥伊東平盛覺得心痛，雖然中學畢業後就專心經營家業，但平盛仍關切著北陸大地之外的世界，當有疑問時，他就寫信向好友八田與一求教，伊東哲的事情發生之後，平盛也向八田求助，此時，嘉南大圳已經開工，八田就建議平盛把伊東哲送到台灣。

於是，伊東哲收拾包袱，暫時將妻小留在東京的畫室，隻身渡台，家中所需則由兄弟們照料。在二戰開打後，東京遭到嚴重的空襲，伊東家的兄弟們為了保護他的作品，又親自將他的畫打包送回金澤，暫時寄存在美術館中，現在這些畫作仍藏於石川縣立美術館。

至於伊東哲渡台之後，便在八田與一手下工作，協助繪製各種與大圳相關的圖像，寫給家裡的書信中就曾提到預計要進行壁畫的繪製。在大圳建造時的紀念照片中，偶爾也可以看見伊東哲的身影。從 1928 年開始，伊東哲在台灣待了近十年的時間，可以說是大圳完工的重要見證人，熾熱的南國風景，想必給他留下了很強烈的印象。在大圳完工之際，八田與一交代了他一項工作，要他創作二十幅嘉南大圳的絹印畫，這二十幅會送給曾經照料過八田

伊東家大宅。

或者給予建議的人，作為完工的紀念。

這就是本書一直提到的那幅絹畫，它不是直接畫在布上製成，據伊東哲的姪孫媳千佳子女士研究，它得用蠟在絹上畫出圖形，然後再透過多次重複印染來呈現色澤，需要設計者與印染匠師通力合作。在拜訪石川縣立美術館後，館員告訴我們，這樣的做法「與其說是畫，可能更接近工藝品」，我們目前不知道是誰啟發了伊東哲的靈感，但金澤以高超的織品印染技術製成的「加賀友禪」出名，這些技藝或許可能是那幅絹畫誕生的原因之一。

在完成嘉南大圳的工作後，伊東哲經朋友介紹，西行到中國去教書，在中國的時候他也會穿上長袍入境隨俗，並創作了許多以北京名勝為主題的作品。但是，在戰後他與許多日本人一起被遣送回國，當時的日本人對於這些回國的同胞並不友善，加上大戰剛結束、百業蕭條，工作非常難找，伊東哲不得不先回到花園村的老家暫居。此時經濟困頓的他因為無法給姪女賀禮，便將那幅絹畫充作禮物贈送。

說到這裡，得先繞回平隆先生身上，他坐在前廳的玻璃門邊，看著窗外明亮的陽光與院中的蔬菜，輕輕地說：「那時我才四、五歲，就是在這裡，看著哲叔公種地瓜。」

此時的伊東哲已非當年離開金澤時那個意氣風發的男孩，他是飽經人世滄桑的中年人，曾懷抱夢想的主流畫壇放逐了他，曾大力支持他的八田與一葬身波濤之中，度過了許多美好時光的台灣也回不去了，一直等待他回家的妻小也因病去世。一連串的打擊將少年時的壯志消磨殆盡，他只能佝僂著背勞動著，沉默地面對多變的世事。

再見伊東哲

「後來，伊東哲去哪裡了呢？」我們問，平隆先生露出了有點哀傷又有些不解的表情，他告訴我們，伊東哲找到了一份教職，當美術老師去了，後來在東京終老。在他晚年時，平隆先生曾經幾次拜訪他，也應他的要求帶去一些植物標本。伊東哲晚年的作品受到了抽象派的影響，畫了許多不可解的細胞圖，至於為什麼要畫、為什麼喜歡畫細胞圖，誰也說不清了。

我們爬上伊東家的閣樓，從少年到老年，伊東哲的一生就在這些畫作中流轉，在台灣的十年，留下的油畫雖不多卻是濃墨重彩，頗具草根性，身為專業畫家，他的作品可能不止於此，但到底流落何方？

那二十幅絹畫目前只有兩幅出現，除了一幅留在伊東家之外，還有一幅在美國，風格、用色、花樣類似，描繪的風景卻有不同，尺寸也有差異，剩下的十八幅會是什麼樣子？絹畫就像藏寶圖，隱藏著許多密碼，平隆先生指著絹畫中一個從汽車中走出的男人，說這有可能就是八田與一。像這樣的小地方不勝枚舉，伊東哲到底在這些畫中藏了多少東西？當它們組在一起時，我們會看見什麼樣的嘉南大圳風景？

這些都是沒有答案的疑問，我們向親切的平隆先生夫婦和台僑會的大家告辭，平隆先生熱心地提供了許多資料，允諾過幾天會再拿給我們。後來，他又寫了一封長信，希望我們能好好使用這些東西，讓更多的台灣人知道伊東哲的故事。

拜訪過伊東家後，我們在隔日轉往石川縣立美術館，館員們雖然知道來意，但他們對於伊東哲的研究並不多，從各種文獻中

也可以明顯看出，伊東哲被官方認為是「如果有機會繼續發展會很驚人」的畫家，但事實上就是他的繪畫生涯中斷後，就再也得不到青睞。

伊東哲的人生並不是我們所熟知的人生勝利組，而是充滿了殘酷的挫折與打擊。為什麼我們還要介紹他、尋找他？我們在回程的路上一路思考著這個問題。

後來，我們終於有了解答，因為歷史並不應該只有勝者的聲音，台灣一直都在接受外來者，讓他們在這塊島嶼上安住，有些人在台灣可以取得很好的成就，從此成為名人，但也有許多沒有聲音的人就是安安靜靜地在這裡過日子，前者是少數，而後者才是台灣的日常，溫暖的島嶼接納了所有的失敗，讓他們安心地生活。

就像伊東哲筆下的大圳，分明是忙碌吵雜的工程現場，在他筆下卻化成了濃淡不一的紫、繽紛燦爛的色彩、總是盛綻的花、被風吹拂的樹、奔馳的機關車、流動的水、往來的人群、三三兩兩的小動物，這一切寧靜安穩，如同天堂。

愛一個地方，不需要聲嘶力竭地告白，從作為之中，就能彰顯一切，百年前伊東哲與那些沒有被記入史書的金澤人如此，現代懷著對台、日兩方的善意而願意成為雙方橋梁的人們也是如此。

伊東家一隅・攝於伊東平隆宅。

花園村往事：
八田與一與伊東兄弟的情誼

作者：伊東平隆（伊東哲姪孫）／翻譯：池田 Lily 茜藍
原文刊載於《北國文華》2009 冬季號。

八田與一於 1886 年生在河北郡花園村字今町（現為金澤市今町）的富農之家。今町位於金澤市中心沿著北國街道東北方約八公里處的平野部，是盛產花卉的地方。

而筆者伊東家就位在今町往東步行約十分鐘即可抵達的花園村字八幡（現為金澤市花園八幡町）。大約四年前（2005 年），筆者回到了故鄉，忙於修復舊式農家建築的住家，以及整頓周邊環境。

在整理土藏（譯註1）與閣樓時，找到八田與一和伊東家之間的往來資料。好似窺見了八田與一年輕時的樣貌與為人，著實有趣。

八田家與伊東家的淵源

筆者以圖表標示了八田家與伊東家之間的關係。八田家第五代子孫四郎兵衛之妹壽壽嫁給了伊東家第十三代子孫平右衛門，

因為夫婦倆並未生下子嗣，故從八田家領養了姪女つね（Tsune）為養女，又從二日市的龜田家招贅了外次郎為女婿，外次郎亦改名為第十四代平右衛門。

八田家的第六代子孫八田四郎兵衛育有誠一、又五郎、智証、友雄、くん（Kun，姐姐）、與一。與一和伊東つね（Tsune）之女てる（Teru）屬堂親關係。てる生了平盛、哲、政外、寬治、外喜雄共五位男孩，而平盛就是筆者的祖父。

與一出生於 1886 年，而平盛出生於 1887 年，比與一小一歲。兩人均畢業於今町尋常小學校與森本高等小學校，並進入石川縣立金澤第一中學校就讀。當時的花園村，能進入中學校讀書的也不過兩、三人。八田與一是八田家第三位進入一中就讀的學生，而平盛亦是伊東家第一位一中生，必定受

譯註 1：日本傳統建築樣式。在土牆上塗抹石膏的建築工法，主要作為倉庫使用。

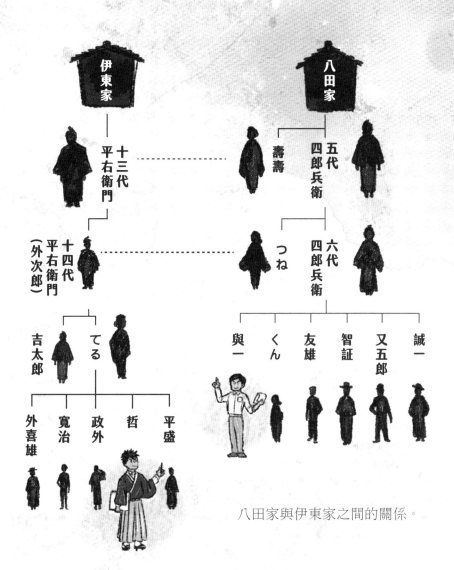

八田家與伊東家之間的關係。

到與一不少照顧。

當時第一中學位在本多町，據說與一多半徒步上學，若逢冬季才會寄宿於金澤。筆者猜想小他一個年級的平盛，應該也是時常和與一邊聊天一起上學去的吧。

與一之兄戰死，令政外感傷

1904 年 8 月 24 日，與一的四哥友雄在日俄戰爭的旅順之役中戰死，得年二十三歲。伊東家的三男政外（時年九歲）在暑假的日記中寫道：「晚飯過後，八田家的人來告知說友雄已經死了，讓大家都嚇了一跳。我想睡覺，但總想起友雄戰死的事情，睡不著。若真的睡著，也會夢見他，一整天更是睡不好。好難過。」

對於政外的祖母つね來說，聽聞八田老家前途看好的年輕姪兒突如其來的噩耗，想必傷心欲絕。政外的日記除了表達自身的感傷外，我想也連同祖母的悲嘆一併呈現了出來，清楚傳遞出八田家與伊東家關係的緊密。

年輕同儕相偕攀登立山

1904 年，與一進入第四高等學校就讀。平盛則是從一中畢業後，繼承家業專心務農。

平盛寫於 1906 年的日記還保留至今。從內容得知平盛和與一時有往來。有時是平盛拜訪與一「暢談」，或借讀《太陽》雜誌第一卷全部的期數和《席勒物語》，以及兩本滑稽書（譯註 2）；有時兩人亦會相約一起去森本看戲。

1906 年，八田與一（時年二十歲）、伊東平盛（時年十九歲）、伊東哲（時年十五歲）以及當時仍為一中生的平盛表弟木谷彌一

譯註 2：江戶時代後期所流行的輕小說。主要以滑稽的會話描寫人物。

（時年十八歲）共四人，相偕攀登立山。那次登山之行的情況敍述如下：

7月11日，與一造訪平盛相談登山事宜，並於24日確定成行。

25日當天早上，平盛一行人整理好裝備正準備出發之際，與一卻睡晚了，甚至表示想要退出此次登山行程。但因木谷彌一已在津幡車站等待，是故不得不成行，就讓與一先行前往富山等待會合。但是平盛等人沒有趕上預定搭乘的火車班次，抵達富山時已近二時許。隨後一行人從富山步行六里路至登山口處的蘆峠，那裡正在舉行祭典，他們便駐足觀賞樂舞。

26日，天公作美，他們雇用嚮導並走了八里路到室堂。接著離開室堂轉往地獄谷賞景之際，天候驟變，一行人在猶如冬日般的暴雨中回到室堂，並輪流看顧營火驅寒。

27日，天氣放晴，當正要前往雄山時卻又再度下起大雨，一行人被嵐霧繚繞，完全看不清四周景象。最後總算順利攀越，並參拜了雄山神社，然後下行至立山溫泉夜宿。但下榻處宛如豬舍一般，一行人只能驚魂未定地勉強度過一夜。

28日，在雨中行向富山，但十五歲的哲疲憊不支，已無法步行。平盛留下陪伴哲，但與一和木谷彌一則繼續往前行。平盛不得已雇了一輛車，總算趕上兩人，一行人便從富山搭乘火車踏上歸途。

年輕夥伴間毫無顧慮、略顯忙亂的模樣，讓人不禁會心一笑。而與一賴床又想失約的舉止，也和日後的偉人形象稍有出入，可以說和現代年輕人並無不同。

1907 年，與一進入東京帝國大學工學部土木科就讀，遠離金澤後，自此與平盛之間的交流紀錄也逐漸減少。

與一和政外造訪尼加拉

在日記中悼念友雄之死的少年政外，一中畢業後進入金澤醫學專門學校就讀，並於 1921 年前往美國留學。於 1922 年 6 月 19 日印有尼加拉郵局（加拿大 Niagara, Canada）戳章的明信片上，寫著如下文字：「敬啟者，臨時決定與八田等人同行，自芝加哥出發前往紐約。」

1922 年，八田與一為了調查水壩與採購大型機器前往美、加視察，當時似乎和政外一同造訪了尼加拉。政外因帶了相機，所以留下照片數張。其中一張相片，是與一站在電車軌道前的身影。

還有政外於紐約和八田同宿一間飯店房間時所拍攝的窗外風景．當時的政外已修完外語課程，或許對與一的視察之行提供了協助。意氣風發的專業技術者與具有旺盛好奇心的耳鼻喉科醫學生，兩人在異鄉究竟交流了什麼樣的對話呢？

1925 年，政外在美國還未完成學業，卻因罹患肺結核而逝世。遺體在當地火化後，骨灰被送回了日本，並在自家舉行葬儀。

與一也傳來了慎重的電唁內文如下：「政外君客死異鄉，感慨萬端，深表遺憾，謹此致哀。八田與一」。

招聘畫家伊東哲至臺灣

伊東家的次男伊東哲自一中畢業之後，進入東京美術學校（現東京藝術大學）西洋畫科學習，在本科畢業後又繼續升學進入研究科就讀。1916 年，伊東哲仍在學中，

其畫作「夫婦」即入選第十屆文展，在這之後，其作品也陸續入選第一屆、第二屆、第四屆、第七屆與第八屆的帝展。1997 年，石川縣立美術館開辦了「伊東哲與石川洋畫的先驅者們」展，展覽手冊中這麼介紹了他：「出身於本縣的畫壇之星，他若能持續創作，深信早以常態展出畫家之姿聲名遠播。」

然而 1927 年，於第八屆帝展中展出的畫作〈沉思的歌星〉，卻大大地扭轉了伊東哲的命運。這是因為他啟用了柳原白蓮做為畫作模特兒的緣故。柳原白蓮是大正天皇的表妹，嫁予九州煤礦大王為妻，但卻和年輕的律師私奔，並且還在報紙上刊登與丈夫斷絕關係的聲明，為當時喧騰一時的緋聞事件。

〈沉思的歌星〉畫作中，白蓮身穿黃色打掛佇立在林中。這件打掛是大正天皇的生母也就是白蓮的姑姑柳原愛子所贈之物。哲遭受強烈抨擊為沽名釣譽之徒，因而退出日本畫壇。

隔年 1928 年，哲接受與一邀聘，前往臺灣嘉南大圳組合烏山頭出張所（譯註 3）赴任。與一提供了住宿與薪資，並無限制地提供他法國製的繪畫用品。在臺灣自由創作的日子，想必讓哲重新振作了起來。

在那之後，伊東哲受邀前往中國，擔任國立北京藝術專科學校的教授。日本戰敗後，他在千葉縣的中學校擔任美術教師，1979 年，享壽八十八歲的伊東哲與世長辭。

伊東哲所繪製的〈烏山頭水庫工事圖〉以及與一的肖像畫，至今仍展掛在烏山頭的八田技師紀念室，而此肖像的複製畫亦展示在金澤故鄉偉人館。另外，入選文展、帝展等代表畫作則捐贈給了石川縣立美術館。

譯註 3：辦事處。

1928 年，哲在烏山頭之際，與一寫給平盛的信件有六封被保存了下來。信件裡記下了平盛身為哲的長兄，為答謝與一對哲的關照而寄送百合根給他，而與一則以芭蕉（香蕉）果實回贈。另外，與一在信上還談到了哲的繪畫狀況，也建議哲的夫人一起前往臺灣，這些都可窺見與一細心體貼的一面。

平盛是農家繼承人，個性耿直，似乎常向與一請教有關農業或時局等問題。與一在信中也慎重地表達了他的看法。1930 年的信上，與一對當時內閣所計畫的黃金解禁政策提出強烈批判，認為這種做法是把沉重的負擔強加在包含農民在內的一般國民身上。

在其他信件上，與一則指出日本農業的困境在於「依照昔日的小農主義方式而引起的問題」，認為「若將現有五千步（譯註 4）的耕地增加為十倍的五萬步，即能順利推行」，「將務農百姓減少為十分之一，政府必須立即思考其餘九成國民的工作崗位要如何處理」。

譯註 4：表示面積的度量衡單位，一步相當於一坪。

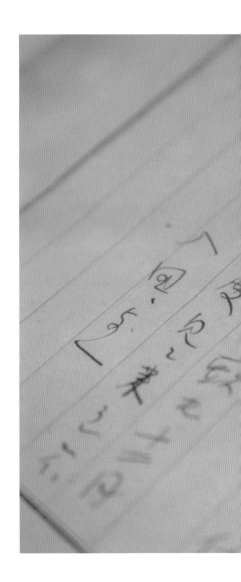

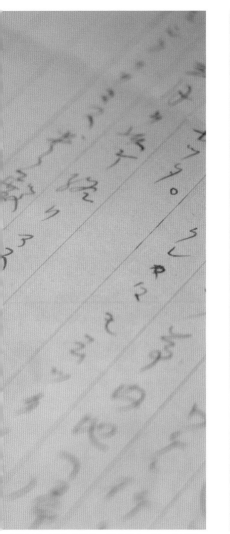

寫給伊東平盛的信件上，展現著八田與一的細膩。

伊東哲繪，〈八田與一肖像畫〉。
嘉南農田水利會提供，現藏於嘉南農田水利會。

當時因連年豐收導致稻米產量過剩，但與一卻認為不久的將來將面臨稻米產量不足的窘境，屆時緊急採取「耕地增成」的措施也來不及了，並因此舉出實際的數據，建議應立即採取減反政策（譯註5）。

陳述振興花園村的己見

在 1935 年的信上，與一提到視察完中國福

建省的水利事業之後，計畫返回內地（日本）的想法。當時信上寫著：「我想找大家聚一聚，聽聽各位對於振興花園村的意見，不知意下如何？另外，召集當時河北郡的學生們將河北郡的發展策略一同兼併進來，似乎也是滿有趣的作法。」

另外，與一也為石川縣人總是每日膠著在

譯註5：日本戰後用來調整稻米生產量的農業措施。

伊東哲繪，〈烏山頭水庫工事圖〉。嘉南農田水利會提供，現藏於嘉南農田水利會。

政友會和民政黨（譯註6），甚至還互扯對方後腿的狀況表達惋惜。

從信件內容中可見八田與一基於數字來鋪陳合理且大膽的思緒，同時亦可感受到他對於家鄉和故友的溫暖情懷。

與一和平盛，一同探訪兄長智証

與一透過在金澤開業的醫生兄長智証的介紹下，與米村外代樹結為連理。智証很照顧與一，但1927年不幸罹患了嚴重的胃癌，平盛常常去探訪病榻上的智証。9月5日，平盛在日記中提到了如下內容：

譯註6：政友會是戰前日本第一個正式的政黨，民政黨則是與政友會共同實現兩黨制的戰前政黨。

「八田智証氏生命垂危，為舉辦法事而家族齊聚一堂。據說是胃癌。恭請曉烏氏（譯註7）講經，結束後亦安排了淨齋（譯註8）。其法名為直心院。公布遺言時，席間坐有自臺灣返鄉的八田與一和自仙台回家的四郎次（譯註9），皆潸然淚下。」

平盛在智証的葬儀後，為返歸臺灣的與一送行。十五年後，與一在搭船前往派駐地菲律賓的途中遭到潛艦攻擊，五十六歲的他就此和人世永別。平盛於戰後因農地改革而失去了土地、生活勞苦，但仍篤實地從農過活。1959年，平盛離世，享壽七十一歲。

與一在臺的成就，歸功於大膽採納與施行當時最先端的技術，同時他亦期盼改善臺灣農民的生活。其背後不為人知的性格，以及對農民的關懷，從與一和花園村亦親亦友的伊東兄弟間的交流中亦能一一浮現。

譯註7：曉烏敏，日本佛教的得道高僧與宗教改革家。
譯註8：法事結束後的餐食。
譯註9：八田四郎次，八田與一的親戚暨鄰居，與八田與一家族感情深厚。

烏山頭的顏爺爺：
家父顏雲霄與八田技師的故事

作者：顏弘澈（八田與一技師嫡傳學生顏雲霄三子）

2012 年 6 月，嘉南農田水利會公關室主任鍾美貞女士轉達一封郵件，附上幾張彩色複製的圖，希望我能加以解析，郵件內容是伊東平隆先生提出的四十八個問題。

一時間，我有點茫然，我雖然熱衷攝影，但是未曾接觸過畫畫，相片所呈現的是剎那間的寫真，畫中的元素卻可以跨越時空且包羅萬象，運作之妙全掌握在作畫者手裡，我既是外行，且不識作者，自知是挑戰性極大的任務。

幸運的是我有一偉大的父親，先父長年工作於嘉南農田水利會，對於嘉南大圳與烏山頭水庫極為熟悉，是烏山頭水庫的直接養護工作執行者，有了他活字典般的協助，信心倍增，完成此任務也不無可能。

但一開始仍一籌莫展，四處尋訪畫家均無所獲，直到這張畫作的四個角落讓我產生靈感，聯想起諸多農作的畫面，天哪！這不正是描繪烏山頭水庫的水，透過畫中上下兩座渡槽橋（曾文溪橋、八掌溪大橋）代表的嘉南大圳南北主要幹線，直接輸送（宅配）到農戶的農田嗎？此後，農民不用再挑水灌溉了。再仔細看，不同的作物元素不僅代表著三年輪作的灌溉政策，更利用一簇簇的「疊草堆」（稻稈綁好堆疊）凸顯豐收的意涵……。靈感一來，便如行雲流水一般，一發不可收拾，同時對繪者伊東哲先生的巧思與畫功，產生無限敬佩。

我畢竟不是活在嘉南大圳施工的年代，所知有限。而當時父親年高九十，腳不能行，口不能言，生理機能衰竭，非不得已盡量不驚擾父親耗費腦力思考，幸好先父除了有寫日記習慣，且愛好攝影，數十年來所留下的照片，整理保存良好，註解詳實，正所謂「凡走過必留下痕跡」。更具體來說，能完成本

畫作的解析，最大的功勞還是歸功於先父的書籍、照片和日記，以及長年來的口述，我將其一一比對，因此有憑有據有真相，禁得起各界的挑戰。例如本畫作最困難而且最後得到答案是（前文）編號 31 號的南靖糖廠和編號 50 號的八掌溪：一座跨過洶湧溪流的橋、旁邊有一座糖廠，我以建設在溪流旁的糖廠為根據，沿著嘉南大圳南北幹線來回走了數趟，可能因年代久遠，設施有所改變，以致一直遍尋不到實際場景。最後是在先父於 1952 年所拍攝的照片上，看到了註解：「遠方的煙囪是南靖糖廠」，踏破鐵鞋無覓處，太令人興奮了，立刻驅車前往現場，今昔比對之下，大功告成。所以才說此番任務能完成，先父居功甚偉。

本畫作終於順利解析完成，畫上每個標號都有完整的交代，有的是以今昔照片比對，更多的是目前已經消失而必須借用老照片以資證明，還有部分則經由官方文件才得以考證出來。

沒有先父豐富的資料，我肯定無法完成本畫作的解析。我深知先父終生感念恩師八田與一技師的知遇之恩，於是知恩圖報，將所學毫無保留回饋在烏山頭水庫與嘉南大圳之維護，故我在此也介紹其師生情誼的點滴。至於盡心盡力解析本畫作，亦屬分內之事。

先父顏雲霄，日治時代出生於臺南州六甲（現臺南市六甲里）一家教甚嚴的家庭。先祖父是當地小小的「保正」，由於勇於為鄉民對日本警察據理爭辯，平安帶回不小心犯錯的鄉民，在長輩們的口中，其義行廣獲鄉民的愛戴。由於先祖父兼營照相館行業，在嘉南大圳和烏山頭水庫施工時期，承攬施工單位的藍曬圖，因而熟識八田技師。先父排行最長，幼時常跟隨祖父進出

八田技師領導的烏山頭水庫建設工地或事務所，耳濡目染之餘，對工程師產生崇拜之心，因而有立志成為土木工程師之壯志。十三歲那一年，經祖父鼓勵，隻身北上參與八田技師與好友西村仁三郎共同創辦的「土木測量技術員養成所」（今新北市立瑞芳高級工業職業學校）之入學考試，順利錄取為「土木測量高級部」第五屆學生，跨出了圓夢關鍵第一步。先父在學生時代非常用功，成績優異，畢業當天，校長宣布留校擔任助手、助講師到講師等職，此後更繼續向日籍老師學習測量、製圖、幾何、代數、三角函數等更高階之土木測量技術與知識，可謂集當年在臺資深日籍測量專家知識於一身，為當時極少數臺籍教職員之一。

有一天，先父奉校長西村仁三郎指示，遞送應屆畢業生履歷冊到總督府面呈八田技師，八田技師見了之後至為喜歡，當面致電擔任校長的好友，要求留先父在身邊，唯先父當時已是學校的助講師，只得作罷。雖然錯過了與八田技師更貼身學習的機會，卻可經常帶領學生所組成的「總督府測量隊」，進行臺灣各高地測量任務，截至臺灣光復為止計長達六年、十三屆學生。每次任務結束後必須親自向八田技師彙報成果，接受個別之指導，如此機緣殊為難得。先父慢慢得到八田技師之信任，如有重要公文需傳送烏山頭出張所（烏山頭水庫管理處之前身），均由先父傳達，並藉以返家探親。由此可證，八田技師思維細膩，兩人日漸熟悉，彼此遂以「八田閣下」和「顏君」互稱，父親更在八田技師身上受益良多。

昭和十六年（1941年），完成南投、草屯、集集等地測量向總督府繳交圖表後，八田技師依例在蓬萊閣酒家設宴犒賞教職員，當天先父與八田技師共桌，八田技師入座後雖然表示「大家不要拘束」，先父見現

場氣氛仍然嚴肅，率先開口：「八田閣下，我曾經從後面抱過您……。」語畢所有人為之一驚，八田技師眼睛瞪大，但並沒有生氣，笑著說：「什麼時候啊？趁我睡覺嗎？」先父隨即說：「是從您銅像背後抱住您！」頓時大家都笑了。這一件小小的往事，將八田技師平常隨和的個性與兩人的關係展露無遺，是先父生前所津津樂道的。

席間，八田技師竟然耳提面命提出幾項重要指示要點，預估可幫助烏山頭水庫從五十年的壽命延長到一百二十年至一百五十年，如此珍貴的養護計畫，有助於日後先父在烏山頭水庫任職時據以落實養護工作。在臺北土木測量技術員養成所服務期間，被先父認定為是「人生收穫最豐富的階段」。

令人不解的是，日後先父是否到烏山頭水庫任職此時毫無跡象，為何此時此刻八田技

嘉南大圳養護工程師合影。

1941 年土木測量技術員養成所入學典禮。

八田技師創辦的土木測量學院是臺灣唯一以培訓土木測量專業人才的學府。

師突然會向先父提及烏山頭水庫養護關鍵技術？對此疑問，先父曾向日本專家請教，得到的答案都是「絕對信任」使然。

誰也難以預料，這一次的餐會，竟是先父最後一次聆聽八田技師教導的機會，翌年5月8日，從西村校長口中傳來八田技師搭船遇難的噩耗，先父悲慟之心不言可喻。

1945年，臺灣光復、舉國歡騰，先父帶著校長推薦函，頂著八田技師嫡傳學生和土木測量技術員養成所講師之光環，到烏山頭出張所報到，受到出張所所長赤堀信一的重用，派任嘉義中洋子工作站第一任臺籍站長。

光復初期，各項設施積極辦理交接中，百廢待舉，赤堀所長顧及臺籍測量人才缺乏，指示先父辦理測量及製圖人員在職進修課程，以快速提升臺籍工程師之水平。某一天，赤堀所長被遣送回國在即，特地從中洋子召來先父，引導走遍烏山頭水庫各個角落，詳細說明水庫建設、機能與養護政策，並囑咐：「今後烏山頭水庫你要好好守住！」此舉令先父感到惶恐，因為當年位階卑微、能力有限，哪有能力守住烏山頭，但是這句話無疑成了父親要堅守八田技師遺產的使命了。

先父以四十三年六個月之畢生精力，全心全意為延續烏山頭水庫機能及嘉南大圳壽命而努力，未曾懈怠，其犖犖大者如規畫建設多處攔沙壩，以防水庫泥沙淤積；多方造林，以利水土保持；或是積極清理水圳雜草異物，以利灌溉水路之輸送，延長水圳使用年限；或是颱風災害後的重建，如1959年八七水災重創南臺灣，嘉南大圳也受到損害，先父負責曾文溪渡槽橋修復工程的設計與監工任務，設計縝密及獨特的施工技術，受到當時水利局長官之重視與讚揚。綜觀其一生，先父負責任、有擔當、有誠信、有技

術、有熱誠、有恆心毅力，更充滿感恩之心，是我一生追隨的楷模。

先父深受八田技師的影響，自年少開始對土木工程心生嚮往，年輕時得以認識八田技師並親沐於他的教誨與勉勵，日後又因八田技師的影響力而獲得許多工作上的幫助。回首來時路，總令先父感念不已。他將八田技師視為生命精神重要支柱，工作之餘常會到八田墓園走走、沉思。每年5月8日追思會中總可看見他的身影，在這一天他得以與八田的親友們聚首敘舊，對先父和許多人來說，八田技師已如親人般重要且熟悉了。

2013年5月8日，先父從加護病房專程到八田技師墓園行最後一次敬禮，向八田技師表達自己四十三年鞠躬盡瘁於嘉南大圳，一生所學毫無保留獻給了烏山頭水庫：「八田閣下，學生沒有辜負您的教誨，學生做到了。」

這樣的情感支持著先父一路走來始終如一，他的認真與努力，不僅成為優秀的水利人員，顏家後代也以他為榮。知恩惜福，在任何崗位皆能有所成就，可說是先父對於八田技師敬重與思念的展現，更化為後代飲水思源的最佳身教。

甚至，這次〈嘉南大圳工事圖〉解析也得力於先父不少，緬懷之心油然而生，故以此為記。

2013年顏雲霄最後一次向八田技師行禮致意。

系列——色無界 03

1930・烏山頭

請你畫下有色彩、有靈魂，
讓人看了都會感動的嘉南大圳全景。

作　　　　者	謝金魚
繪　　　　者	賴政勳、林容萱
故 事 協 力	紀昭君、李健睿
採 訪 協 力	劉艾靈
執 行 策 劃	故事 StoryStudio
執 行 編 輯	謝金魚、劉艾靈
美 術 設 計	賴政勳
版 面 編 排	黃秋玲

策 劃 單 位	文化部文化資產局、臺南市政府文化局、臺南市文化資產管理處
總 策 劃	施國隆、葉澤山、林喬彬
策 劃 召 集	李雪慈、王世宏、楊美紅、許書維
行 政 執 行	高于婷、郭怡均、李惠芳

總 編 輯	顏少鵬
發 行 人	顧瑞雲
出 版 者	方寸文創事業有限公司
地　　　　址	臺北市 106 大安區忠孝東路四段 221 號 10 樓
傳　　　　真	(02)8771-0677
客 服 信 箱	ifangcun@gmail.com
出 版 訊 息	方寸之間｜http://ifangcun.blogspot.tw/
精 彩 試 閱	方寸文創｜http://medium.com/@ifangcun
FB 粉 絲 團	方寸之間｜http://www.facebook.com/ifangcun
限 量 品 商 店	方寸文創（蝦皮）｜http://shopee.tw/fangcun

法 律 顧 問	郭亮鈞律師
印 務 協 力	蔡慧華
印 刷 廠	華展彩色印刷股份有限公司
總 經 銷	時報文化出版企業股份有限公司
地　　　　址	桃園市 333 龜山區萬壽路二段 351 號
電　　　　話	(02)2306-6842
I S B N	9789869536783
初 版 一 刷	2020 年 9 月
定　　　　價	新臺幣 360 元

國家圖書館出版品預行編目 (CIP) 資料
1930・烏山頭｜謝金魚作｜初版｜臺北市：方寸文創
2020.9｜120 面｜19x20 公分（色無界系列：3）
ISBN 978-986-95367-8-3（平裝）
863.57｜109010737

※ 版權所有，非經同意不得轉載，侵害必究。

※ 如有缺頁、破損或裝訂錯誤，請寄回更換。

方寸文創　Printed in Taiwan